KB070929

사투리

한국의 단시조 010

사투리

김제현 시집

책만드는집

| 시인의 말 |

『사투리』는 단시조(평시조)를 중심으로 한 단수單首 시조집이다. 시조의 원형적 모습이 단수로서 완결되는 형식이었으며 시조의 정통성과 정체성을 운위할 때 그 규준이 되는 것이 단수 시조이기도 하다.

그러나 시조가 현대시조로 발전하면서 단수형보다는 1편 2수 이상으로 완결 짓는 연시조 형식이 주된 경향을 이루어왔다. 필자 또한 2수 1편의 완결적 구성을 선호해 온 터이다. 따라서 단시조 단수만으로는 한 권 시집의 양감을 채울 수 없어 십수 편의 신작을 더하여 묶기로 하였다.

작품 전체를 5부로 나누어 엮었으나 특별한 뜻이 있는 것은 아니다.

돌아보건대 시력 50여 년을 헤아리지만 딱히 눈에 띄는 작품도 없고 연륜에 따름 직한 시조도 별로 보이지 않는다. 그러나 작시 태도에 대한 새로운 다짐이나 시도를 새삼스럽게 말하고 싶지는 않다. 이미 『우물 안 개구리』의 머리말에서 밝힌 바대로 좀 더 쉽고 재미있는 시조를 써보고 싶을 뿐이다.

원고가 많이 늦었음에도 아무 탓 없이 출판을 맡아주신 김영재 시인에게 감사를 드린다.

—2016년 정월

김제현

| 차례 |

2부 가을 전언

3부 무위

4부 바위섬

5부 삿갓논

1부
기도

기도

한 줌 흙 텃밭에
꽃씨를 묻어두고

아침마다 들여다보고
물을 주는 것은

내 생生에 대한 기도요
사랑이요 의지여라

봄비

봄비가 촉촉이 밭고랑을 적시고 있다

봄이 와도 싹이 트지 않는 내 안의 들판

무엇을 심을 것인가

이 가뭇없는 삽질

보이지 않아라

보이지 않아라
바라볼수록 보이지 않아라

하늘과 땅 아득하여
보이지 않아라

가까이 다가갈수록
사람들 보이지 않아라

나는 불평이 많다

나는 불평이 많다
모든 것이 마땅치 않다

사람들이 떠드는 것도 싫고
가만히 있는 것도 싫다

세상이 나를 알아주지 않으니
느느니 불평뿐이다.

거짓말

거짓말도 가만히 들어보면
재미가 있다. 논리가 있다.

여자는 거짓말로 참말을 하고
남자는 참말로 거짓말을 한다.

헛말도 헤아려 듣는 나의 귀
난청難聽이 고맙다.

광장

촛불도 꺼지고
각목들도 잠든 광장

이따금 낙엽들만
바람에 쓸려 간다

아무도 없는 공터의 고요가
오히려 두렵다

봄바람

봄에는 바람도
바람이 나나 보다

홑옷 한 벌 걸친
스물한 살의 봄바람

가슴을 있는 대로 내밀고
비를 몰아 휘돈다.

단풍나무

단풍나무를 쓰다듬는다
붉은 기가 오른다.

사람 냄새를 기다렸다는 듯
와락 달려드는 욕정.

가을이 빨갛게 타오른다
열기를 다 쏟는다.

힘들지 않은 삶이 어디 있으랴

붓다는 붓다의 삶을
예수는 예수의 삶을

그렇게 살고 싶어서
살아간 것이지만

그들도 힘들었을 것이다
칭송을 받는 만큼

꽃을 보다

꽃들은 나를 모른다
나도 저들을 모른다

같은 땅에 살면서도
말을 건넨 적이 없다

서로들 낯이 익다고
웃고 지날 뿐이다

설교說敎

친구 따라 절에 가고
아내 따라 예배당에도 갔다.

욕망이 죄악을 낳으니
욕심을 버리라 한다.

욕심을 버리려는 것
그 또한 욕심인 것을.

분재

화원 앞을 지나다가 마주친 팽나무
이따금 심산유곡의 물소리가 그리운지 손을 흔든다.
묶인 등 손도 굽어 있고 어깨뼈가 불거졌다.

숲 속에서

—선농일체禪農一體

스님들이 김을 매고 있는
절간 뒤켠 텃밭

감자잎에서 무당벌레들이
짝짓기를 하고 있다

여름이 가까운가 보다
이 깊은 산속에도.

살구 익다

뉘 집 새댁 입덧이 났나
살구가 익고 있다

벌레들에 먹히고
바람에 흔들리면서

노랗게 익어가는 살구들
참, 밝고 따뜻하다.

가을 일기

혼자 밥 먹고

혼자서 놀다

책을 읽다

깜박 졸다.

새소리에 깨어보니

새들은 간데 없고

가을만 깊을 대로 깊었다.

나무들도 아픈가 보다.

2부

가을 전언

가을 전언傳言

단풍이 하도 고와
핸드폰을 엽니다

버튼을 눌러보지만
아무런 응답이 없습니다

공연히 무안한 마음의
핸드폰을 닫습니다

정년기 停年期

세상이 나의 부실을
어떻게 알았는지

이마쯤 머물라 한다.
쉬엄쉬엄 가라 한다.

가쁘게 살아온 것이
잘못이었나 보다.

어떤 문서

– 가락시장에서

경매는 끝났다. 새벽 4시
좌판에 쌓인 어스름 속

배추장수 문서에
발간 흙물이 든다

경제도 분식회계도 모르는
0의 대차대조표.

새들은 울지 않는다

새들이 노래한다
하늘을 날으며

산에서 들에서
새들이 울고 운다

가만히 들으니 누군가를
부르는 소리다.

연적硯滴

복숭아 연적의
아랫도리가 찢겨 있다

무딘 칼끝이
거칠게 지나간 끝 끝에

도공의 늙은 총각 도공의
눈물이 맺혀 있다

누드

벌거숭아 벌거숭아
어여쁜 벌거숭아

숨김도 거짓도 없어
부끄럼도 모르는

눈부신 네 순색의 살빛
본래의 자유를 본다

달인達人의 말씀

어느 달인은
마음을 비웠다 하고

또 어느 달인은
비울 마음조차 없다 하네

비움도 없음도 다 마음의 일
다독이며 사는 것을

성인聖人의 말씀

부처님은 버리라 하고
예수님은 사랑하라 하네

버릴래야 들이 없고
사랑할래야 초원이 없네

그 뜻을 헤아리는 데
50년도 더 걸리네.

봄

강물은 젖이 불고
부목負木도 살이 오른다

햇볕 탓인가 바람 탓인가
부서지기 쉬운 봄

얼씨구 절씨구 이 강산
봄, 봄바람 분다.

눈 오는 날

눈이 내린다
비척비척 노인정에 가시는
어머님을 뒤로하고 일찍 출근을 했다

내린 눈 얼어붙는 길
한종일 마음이 시리다

어머님의 눈물

어머님이 우신다
외로워서 우신다

내놓고 말 못 한 한을
소리 내어 우신다

이제는 사랑할 시간이
없어서 우신다

졸음

느끼매 슬프다 하고
깨달으니 허무하다 하네

조으다 눈을 뜨니
나 혼자 남아 있네

우람한 느티나무 아래
다시 눈을 감네

안내 방송

안전하게 가시려거든
한 발짝 물러서십시오

"열차가 도착하고 있습니다 승객 여러분께서는 안전선 안으로 한 걸음 물러나 주시기 바랍니다"

어디를 가시느라고
그렇게들 서두르십니까.

팔 잘린 가로수

깁스를 한 나무들이
길가에 서 있다

저 신열 앓고 나면
그늘도 한 뼘 자라련만

아 무슨 손짓으로 부르랴
떠나간 새들을.

난지도에서

코를 막고 지나던
난지도에 숲이 우거졌다.

온갖 쓰레기며 잡동사니들
산성비, 황사바람에

뒹굴며 썩고 썩더니
이윽고 잔디를 펼친다.

개씀바귀

햇살 깊은 염전가에
씀바귀꽃 피었다

염분을 먹고 염분을 먹고
온몸을 사루는 꽃

노오란 햇무리 이고
웃음 한 점 띄우고 있다

3부
무위

무위 無爲

비가 온다
오기로니

바람이 분다
불기로니

지상은 비바람에
젖는 날이 많지만

언젠간 개이리란다
그러나 개이느니

잡초

콘크리트 틈새에서 혹은, 마른 땅에서 한 포기 일년초 억새풀이 자란다.

베일수록 무성한 손, 깊은 뿌리에는

피곤한 벌레들이 찾아와 하루를 잠재운다.

사투리

산에 사는 새는
산 소리로 운다

물에 사는 새는
물소리로 운다

전라도 새는 전라도
사투리로 운다.

가책의 하루

안개 속을 기어 온
나팔꽃 목줄기가

하얗게 말라 있다.
목이 쉬어 있다.

한종일 난감한 초월의
매캐한 바람이 분다.

나의 그림에는

내 그림에는
이태백의 달도
달빛에 젖은
피리 소리도 없다

완당이 가는 먹의
문기를 탐했으나

이따금 관념의 새만
산을 지고 나른다

자각

어느새 잠도 줄고
행간이 너무 멀다

또렷또렷던 것들도
흐려 비쳐오느니

–안경만 자주 닦는다
눈이 흐린 줄 모르고–

소재 3

—바람개비

바람이 부는 날은
바람개비를 만들었다.

신작로는 무서워
골목길만 돌던 아이.

바람을 싸잡아 돌면
세상도 따라 돌았다.

소재 4
-연

연을 띄운다
나의 연은 참연 아닌 가오리연.

빙빙빙 나선형으로
도는 나의 연은

이마가 벗겨진 채로
땅바닥을 기었다.

소재 5

―호묘도虎猫圖

호랑이를 그리느니
고양이 같았어라.

사내대장부가
마음먹고 그리는

한 폭의 맹호도는 매양,
새끼 고양이였어라.

소재 6

–곁장

공책 알갱이는
어느덧 다 찢겨 나가고

열심히 띄운 배도 학도
안 보인 지 오래여라.

빳빳던 성깔만 남아
닳고 삭고 있어라

꽃아

꽃아, 너 참 아름답구나
너 참 향기롭구나

아무리 노래해도
꽃들은 즐겁지 않다

벌 나비 기다리는 마음
오직 바쁠 뿐이다.

오후 5시

꽃들이
고개를 지우고 서 있다.

꽃잎엔 오후 5시의
햇살이 비낀다

어느덧 마른 대궁에
먼 구름이 걸린다.

목월운 木月韻

목월의 달이 떴다.
'높이 청과일 같은 달.'

세상에는 뜻이 없어
달빛만 밟고 가던

고무신 벗어놓은 자리
꽃대궁 맑은 향기.

밥알꽃

농사는 지어도 지어도
허기진 며느리

아버님 물린 밥상
이팝 한술 떠먹다가

쫓겨나 자지러진 자리에
피어난 꽃이여

근황
—시詩에게

외롭고 쓸쓸한 날들을
술 취한 듯 술 취한 듯

약 먹은 듯 약 먹은 듯
홀려주던 시여

오늘은 여치 소리나 들으며
바람 소릴 달인다

4부

바위섬

패각貝殼

먼 들 끝 파도에 얹힌
작은 방은 비었다.

깊고 오랜 날을
추운 귀는 잠 못 들고

영원을 돌앉은 정물
등 뒤로 환한 달빛.

하직下直

옥이 왔다 비 속에 간다
10시 5분 전 오후.

옛날 가정교사를
보러 왔던 숙녀의

손목을 꼬옥 쥐어주는
그것은
쓸쓸한 답례答禮.

바위섬

천 년 바람 속 파도를 안고

바위는 목이 마르다.

젖은 날개를 말리던 새들

먼 바다 깊이를 휘저어 가고…….

바위는

옆구리 터진 살에 석란石蘭을 기른다.

노을

정착할 데 없는 하늘 아래
곱게 노을이 뜬다

한 번쯤
나도 눈 감아 그렇게 아름다울.

한공寒空

하늘 먼
이승 길
어둠 속 눈물.

텅 비인
이 들녘
달빛 서리에 차

끼르륵
어느 마을을 찾는가
외기러기
실울음.

참새 1

눈과 얼음의 땅
고요가 깔린 눈밭에

파르르 내려앉은
참새 두어 마리.

눈 속에 발목을 묻고
아침을 쪼고 있다.

소멸

고궁을 거닐다
문득
일으킨 갈증

한 모음 해갈의
담배에 불을 당기면

'등 뒤로 사라지는 보랏빛'
아, 목월木月의
연기.

기러기

아득히 바라보는
물결 천 년
쉬지 않는 꿈.

바위섬 등에 올라
젖은 날개를 말리는

먼 바다
풍파에 떠밀려 온
오, 사랑의 기러기.

강물

그것은
바다로 간다.
너무나 지순한 향방.

마실수록 목마른 술잔
증발하는 자유여

물가에 울다 간 새의
말라버린 강 한 줄기.

여일餘日

그리하여
모든 것은 지나가고
남은 자리.

잔잔한 감동이
수묵 속에 번지고

한 소절 비가 내렸다.
눈부신 목련의
오후.

속 · 중동부

가파르게 찢겨 나간
여기 중동부의 오후.

다시 또 짓밟고 서는
하얀 공허의 흔들림이여.

풍장될 육혼의 안곽에
파랗게 질린 별이 숨는다.

하늘나리

백합*꽃 향기가 방 안에 가득하다

영국적 불란서적 혹은 소련적의 향기

나들이 갔다 돌아온
하늘나리 털중나리.

* 한국이 원산지인 하늘나리와 털중나리가 손 탄 뒤 교합종으로 환향한 꽃이라고 한다.

하늘말나리

포클레인 두어 대가
산등성에 서 있다

굉음이 울릴 때마다
잘려 나가는 산허리.

태백산 하늘말나리
파르르 떨고 섰다

개불알꽃

보랏빛 깽깽이풀들
자취를 감추고

산을 오르다 만난
자줏빛 개불알꽃.

자줏빛 아찔한 봄날
현기증을 일으킨다

5부

삿갓논

삿갓논

삿갓을 벗어놓으니
보이지 않아라

메밀이며 겨울초
노부부의 가슴밭길

설흘산 8부 능선에
유채꽃 피었다

구름운韻

흰 구름 환히 밝더니
여우비 내린다

누가 알라 저 구름들
이 들녘 지나갔음을

저렇듯 사라져감도
구름의 몫이리

나의 몫

세상에 어울려 살자니
속되고 헛된 일뿐

싫다 싫다 하면서도
기다리던 한세상

끝끝내 만나지 못했네
아쉬움만 내 몫이었네

새가 되어 날다

어디로 떨어져야 할지 몰라 매달려 있던
나뭇잎 하나, 그렇게도 바람에 흔들리더니

포로롱 하늘을 난다
새가 되어 난다

여름밤에

—별의 윤회

별들과 둘러앉아
잔술 나누는 밤.

저 멀리 별빛이 떨어진다
한 줌 재로 사라진다

사라져 어디로 가나
문득 반짝일 별 하나.

무상

오는 듯 가버린 것이여
친숙한 낯섦이여

너 곧 아니더면
이 업을 어이하리

오늘도 난 너를 믿고
멍청한 짓을 또 했구나

앎에 대하여

"아는 만큼 보이고, 보이는 만큼 안다" 하네
하지만 인생이란 나이만큼 밖에 모르는 것.

나도 뭘 좀 알아가는지
글귀가 어두워 가네.

한국인

배고픔은 참아도
배 아픔은 못 참는 사람

제 모습 제 영혼도
남의 눈으로 찾는 사람

그래도 정 깊은 사람
신명 많은 사람들

코치의 말

–힘을 빼라

어깨의 힘을 빼라
홈런을 치려거든

목에 든 힘을 빼라
출세를 하려거든

참으로 아름다워지려거든
온몸의 힘을 빼라

한세상 사는 법을 어디 가서 배우랴

한세상 사는 법을
어디 가서 배우랴

망설이다 머뭇거리다
다 놓쳐버린 사랑이여

마음이 보이는 길을
어디 가서 찾으랴

쇠파리

무엇을 잘못했길래
그렇게 싹싹 빌고 있나

어찌타 인종人種들과
DNA가 같아서
식성이 같아서

소주방燒廚房 마구간을 그저
들락거리게 된 것을

목례를 보내다

뉘엿뉘엿 해가 진다
목례를 보내는 해바라기들

한종일 쫓아온 길이
서천이었구나

그렇게 눈부시던 햇살도
어둠이었었구나

겨울 산책길

햇살이 하도 좋아
산책길에 나섰다.

희수喜壽를 막 지난 듯한
적송赤松 몇 몇
마른 흙냄새.

좋아라 이승의 한나절
하릴없는 산책길.

| 해설 |

전통과 개인의 결합

박철희 문학평론가 · 서강대 명예교수

1

현대시의 장르로서 현대시조라고 했을 때 현대시조는 전통시조와 같이 시조, 그것이어야 한다는 명제에 이론이 있을 수 없다. 전통시조건 현대시조건 그것은 다 같이 '시조성時調性'의 메아리다. 시조성을 기층으로 한 표층적 표현이라는 점에서 현대시조는 전통시조와 같지만, 그 표현이 개인마다 다르게 나타나는 개체적 표현이라는 점이 전통시조와 다르다. 물론 내용 또한 전통적 소재에서 벗어나 크게 확대한 것은 분명하다. 그러나 소재 그 자체는 근본에 있어서 별로 달라진 것이 없다. 언제나 그렇듯이 시인이 말하는 것은 일차적으로 그리움과 사랑이며 이차적으로는 자연 또는 생활이다.

다만 다른 점이 있다면 소재 자체보다 소재를 대하는 시인의 눈이다. 그것은 다름 아닌 개성적 눈自說眼이다. 그리고 그것은 개인주의의 대두라는 근대적 분위기와 무관하지 않다. 개인보다 공동체와 사회의 압도적인 중요성을 강조했던 조선조의 사회적 억압으로부터의 해방에 대한 욕구가 있었고 서구 문학의 강한 유혹이 있었다.

욕구와 유혹이 클수록 지속과 안정에 대한 갈망은 더욱 커지는 것이다. 한국 시가를 일관하는 자기통일적인 형식으로 시조성이 강조되는 것은 이 때문이다. 시조성이야말로 그것은 종으로 전통적 인식과 서정의 거푸집 구실을 하고 횡으로 서구 자유시를 받아들이는 체 구실을 한다. 근대 이후 육당 노선을 거쳐 가람에 와서 시조가 하나의 유려한 시적 표현을 얻을 수 있었던 것은 새로운 시대의 개인적 표현의 욕구가 시조의 형식과 잘 맞아떨어졌기 때문이다. 겉보기와는 달리 안으로 의연한 초시대성을 지닌 것이 시조성이다.

사실 전통시조와 현대시조라는 명칭이나 구분도 따지고 보면 근대적 사유의 필연적 결과다. 이미 존재했던 비인격

적인 실체(이름 없는 사물)가 근대적 시각을 통해 실체(시조라고 명명)가 드러난 것이 아닌가. 그때 비로소 각각 서로 다른 자신의 담론 규칙을 마련한 것이다. 문학으로서의 시조라는 말은 19세기 우리 선조들의 언어 체계에서는 존재하지 않았다. 이유는 간단하다. 문학이란 말 자체가 근대의 나어린 산물이다.

현대시조의 존재성은 시조로 하여금 무엇이 어떻게 하여 현대시조 작품이게 하는가, 하는 시조성과 현대성에 걸려 있다. 말하자면 시조의 형식(정형)과 내용(현대 정신), 이러한 서로 다른 모순의 유기적 통합에 있다. 무엇보다 현대시조에서 역설, 형이상성 등이 시적 의장意匠의 본령으로 다루어진 것이 이 때문이다.

그렇다고 시조의 형식이 전통적인 개념과 같이 단순히 내용을 담는 그릇이나 틀은 아니다. 재료가 미적 효과를 획득하는 방식, 즉 형식론자들의 이른바 구조와 같은 개념이다. 시조에 있어서 내용은 시조 작품 속에 형성된 것, 또는 형태(육체)를 갖춘 것으로 파악된다. 따라서 시조의 형식은 내용의 존재 방식, 그것에 의하여 내용이 내용으로 되는 것이다. 현대시조에서 적어도 현대성에 역점을 둘 때 시조는 관념보다 이미지가, 노출辭意보다 가림(비유)이 중시된다.

속으로 깊으면서 겉으로 얕고, 안으로 복잡하면서 밖으로 단순한 것—이것이 현대시조의 존재론이다.

2

나이가 들어서일까, 시조에서도 긴장을 풀고 싶다. 예민한 감성, 고도의 지성, 치열한 시정신, 깊은 통찰력과 새로운 율격이 요구되는 것이 현대시조인데 시에서 이러한 긴장감을 빼버리면 무엇이 되겠는가. 아마도 시 아닌 그저 덤덤하고 무의미한 시조 비슷한 것이 되고 말 것이다. 그러나 그렇다 하더라도 여유롭고 쉽고 재미있는 시조를 써보고 싶다.

시인 자신이 시조집 『우물 안 개구리』에 부친 「시인의 말」 중 한 대목이다. '시인의 말' 그대로 '여유롭고 쉽고 재미있게' 쓴 작품이 다름 아닌 「거짓말」 「보이지 않아라」 「삿갓논」 등이다.

이들 작품이 보여주듯이 김제현의 시편은 따로 해석이나 주석이 필요 없을 만큼 낯익은 경험과 형식으로 점철되어 있다. 낯익은 경험이기에 전언이 쉽게 전달된다. 시형 또한 겉으로 얕고, 밖으로 단순하다. 그러나 겉보기가 얕고 단순하다고 해서 가벼이 볼 수 없는 것이 그의 시편이다. 그의 시는 한결같이 표현하되 드러내기 위해 표현한다기보다 가리기 위해 표현하는 그런 면모를 지니고 있었다. 이번 신작도 예외는 아니다. 단순성을 바탕으로 해서 생활 주변의 조그마한 것과 산문적 일상을 산문 쓰듯이 쓰고 있다. 그만큼 통상 시적인 것과 거리가 멀다. 비시와 같은 인상을 주는 것도 무시할 수 없다. 그러나 지적인 통어가 결여되는 경우는 드물다. 가벼운 듯하면서 삶의 여러 모습을 뚫어지게 통찰한 뜻깊은 경험을 놓칠 수 없다. "거짓말도 가만히 들어보면 / 재미가 있다. 논리가 있다"로 시작되는 「거짓말」 같은 것조차 겉보기는 상식적인 느낌을 준다. 그러나 그 이면과 숨은 공간은 넓다. "헛말도 헤아려 듣는 나의 귀 / 난청難聽이 고맙다"와 같이…….

이런 뜻에서 신작만이 아니라 그의 단시형은 시 작품으로서 그 성취야 어쨌든, 한결같이 오늘을 사는 우리의 내면을 다시 한번 새롭게 체험케 한다. 압축된 시편 속에 우리의 감성과 의식을 간결하게 정의하고 요약하고 있다.

그의 시는 무엇보다 자기관찰적(「우일」)이고 반성적(「정

넌기」「땅의 길」)이다.

눈이 흐려지면서
밝아오는 이치의

적당히 흐린 눈으로
밖을 보는 우일
—「우일雨日」 부분

세상이 나의 부실을
어떻게 알았는지

이마쯤 머물라 한다.
쉬엄쉬엄 가라 한다.

가쁘게 살아온 것이
잘못이었나 보다.
—「정년기停年期」 전문

그렇다고 자기관찰 자기반성에 있을 법한 자기변호나

자기주장은 없다. 그만큼 나르시스의 자기정수自己亭受와 진배없다. 자신의 일상 그 자체가 다름 아닌 그의 시다. 시의 화자와 시인이 동일 인물이다. 그의 시를 읽으면 그의 실제 모습과 태도 그리고 일상의 세목細目까지 그대로 눈에 밟힌다. 그의 고독 시편들은 한결같이 우리와 친숙한 가락과 진솔한 자기현시自己顯示로 이루어져 있다. 근자 현실에 강력한 관심을 표현한 시들, 그중에서도 언어가 지닌 지시적 기능을 강조한 시보다 오히려 이러한 그의 진솔한 울림의 시가 우리에게 호소력이 큰 것은 이 때문이다. 진솔한 언어일수록 함축과 함의도 넓고 깊다.

시와 삶의 일치라는 인생론적 시학이 그의 시 방법이다. 그의 시는 시와 시인의 분리란 형식 이론과 무관하다. 만들어지는 것이 아니라 절로 생겨나는 것이다. 시종일관 그의 시는 서구적 담론 안의 근대적 시각과는 거리가 멀다. 그런 의미에서 그는 전근대적인 시인, 말하자면 반모더니스트이랄 수 있다.

3

「정년기」「우일」 등 그의 시편들은 다 같이 삶의 일상에 시심詩心이 움직이면서 자기성찰과 삶의 이치를 헤아리고 있는 것이다. 그런 점에서 그의 일상성은 불교의 평상심을 연상케 한다. 하찮은 일상이 뜻밖의 오도悟道의 표현이 되어준다.

콘크리트 바닥에서 혹은 마른 땅에서 자라나는 억새풀(「잡초」)에서 오히려 생명력을 읽고, 풍경 소리(「풍경」)에서 '비어서 넘치는 무상의 별빛'을 읽어낸다. 심지어는 사회와 현실과 무관한 듯이 보이는 「거짓말」「나는 불평이 많다」 등의 시조차 그것이 이 시대의 삶과 가치에 대한 묵시적 비판이라는 것은 한국 시의 아이러니며, 그 점 우리로 하여금 많은 것을 생각게 한다. 그에게 현실은 저항이나 비탄 속에 파악되는 것이 아니라 조용한 일상 속에 관찰된다.

거짓말도 가만히 들어보면
재미가 있다. 논리가 있다.

여자는 거짓말로 참말을 하고

남자는 참말로 거짓말을 한다.

헛말도 헤아려 듣는 나의 귀
난청難聽이 고맙다.
—「거짓말」 전문

나는 불평이 많다
모든 것이 마땅치 않다

사람들이 떠드는 것도 싫고
가만히 있는 것도 싫다

세상이 나를 알아주지 않으니
느느니 불평뿐이다.
—「나는 불평이 많다」 전문

콘크리트 틈새에서 혹은, 마른 땅에서 한 포기 일년초 억새풀이 자란다.
베일수록 무성한 손, 깊은 뿌리에는
피곤한 벌레들이 찾아와 하루를 잠재운다.

—「잡초」 전문

이렇듯 우리의 내면을 감성으로 느끼며 고전적 절제로 통어統御하여 시적 진술에 이르는 능력이 보통이 아니다. 그의 시에서 시인 아닌 '나'를 느끼는 것은 이 때문이다. 아니, 우리의 '나'를 느낀다.

시의 기능의 하나가 관습의 울을 뚫고 삶을 새로운 눈으로 보게 하고 경이를 깨우치는 일이다. 경이 못지않게 시가 주는 즐거움은 익히 알고 있는 사실을 재확인시켜주는 데 있다. 우리가 막연하게 또는 어슴푸레하게 생각하고 있었던 일을 시인의 작품에서 재확인하였을 때 받는 안도와 기쁨의 감정이다. 시에 있어서 언어로서 형상화해가는 과정이란 것 자체가 막연한 상태에서 명료한 상태로 옮아가는 한 과정이며, 형체가 없는 것을 형체가 있도록 하는 과정이며, 혼돈에서 질서로 정돈되어가는 과정이다. 그러니까 독자는 현실이라고 하는 막연하고 잡다한 혼돈 속에서 그저 어슴푸레하게 또는 한순간 별똥처럼 번쩍이다 만 이미지의 단편이나 섬광을, 시 속에서 시인이 포착하여 뚜렷하게 체계를 세워 위치화한 것을 보고 '참 그렇지' '바로 이것이었구나' 하는 느낌을 갖는다. 이러한 느낌이 낳은 시편이

「어머니의 눈물」이며, 시집 『백제의 돌』에 실린 생태 시편이다. 무심코 보내기 마련인 일상을 되짚고 성찰하는 것이 철학의 일이라고 한 것은 프랑스의 철학자 레비나스다.

어머님이 우신다
외로워서 우신다

내놓고 말 못 한 한을
소리 내어 우신다

이제는 사랑할 시간이
없어서 우신다
—「어머님의 눈물」 전문

보이지 않아라
바라볼수록 보이지 않아라

하늘과 땅 아득하여
보이지 않아라

가까이 다가갈수록
사람들 보이지 않아라
—「보이지 않아라」 전문

「어머니의 눈물」과 같은 시는 필경 슬픈 눈물이나 그것을 내세우지 않는 점에 풍류가 있다. 그렇다고 세상살이의 슬픔과 포한, 삶의 덧없음에 대한 감회가 없는 것은 아니다. 어찌 감회가 없었을까마는 그는 내적 감정을 직접 토로하지 않고 그저 어머니는 "이제는 사랑할 시간이 / 없어서 우신다"와 같이 감정을 절제하고 그다음 우리로 하여금 일상의 낯익은 절실하고도 압축된 사연을 상기하게 한다. 이렇듯 그의 시심詩心이 자신의 한계에 눈뜨면서 그것을 긍정하고 달관(「땅의 길」)할 수 있었던 것은 삶에 대한 긍정, 이른바 풍류가 아니면 생각할 수 없는 처리요, 착상이랄 수 있다. 이제 시인도 "오늘은 여치 소리나 들으며 / 바람 소릴 달"이는 "외롭고 쓸쓸한 날들"(「근황—시에게」) 앞에 섰다. 아니, 눈이 흐린 줄 모르고 안경만 자주 닦는 나이에 이르렀다. "알 수 없는 수심을 자맥질해온 어부의 젖은 생애"(「그물」)가 다름 아닌 시인의 생애가 아닌가. 시와 생활과 풍류가 함께하는 해조諧調가 그의 말년의 시가 누리는 아름다운 시정詩情의 하나다.

"보이지 않아라 / 바라볼수록 보이지 않아라"와 같은 구절에서 초월적인 세계의 예감이 비쳐 있다. 「한공」도 마찬가지다.

하늘 먼
이승 길
어둠 속 눈물.

텅 비인
이 들녘
달빛 서리에 차

끼르륵
어느 마을을 찾는가
외기러기
실울음.

—「한공寒空」 전문

이런 뜻에서 성격은 다르지만 「삿갓논」 또한 삶에 넉넉

한 눈길이 낳은 시다. 자연과 생활에 순종하는 것, 그런 것이 이 땅 시조의 세계다.

> 삿갓을 벗어놓으니
> 보이지 않아라
>
> 메밀이며 겨울초
> 노부부의 가슴밭길
>
> 설흘산 8부 능선에
> 유채꽃 피었다
>
> —「삿갓논」 전문

「삿갓논」「어머니의 눈물」 등 소박한 일상 시편은 삶에 대한 긍정적 관점이 낳은 것이다. 삶에 대한 긍정, 그것은 생명 존중 바로 그것이다. 하찮은 풍뎅이나 솔개조차 보살(「한산시행」)로 보았던 그다. 「난지도에서」「꽃아」 등 근자의 생태 시편들은 훼손되기 이전의 자연, 본원적 자연을 지향한다. 자연을 자연으로 보존하는 일이 높은 차원의 인간성 실현이다. 사람의 진정한 자아는 생태계적 자아임이 틀

림없다.

김제현만큼 시종일관 삶의 의미를 모색해온 시인도 드물다. 초기의 생명과 존재에 대한 물음은 그 후에도 변함이 없다. 근자에는 인간의 윤리적 실존에 관심을 가지고 있다. 그만큼 있는 그대로의 세계에 대한 인식에 삶을 걸고 있다. 초기 시처럼 세계를 억제된 욕구를 통해서 바라보는 것이 아니라 있는 그대로 바라본다. 안분지족의 초연한 태도가 그로 하여금 세계를 비판적 안목보다 있는 그대로 보게 한다.

비가 온다
오기로니

바람이 분다
불기로니

지상은 비바람에
젖는 날이 많지만

언젠간 개이리란다
그러나 개이느니

–「무위無爲」 전문

그의 시에는 작태가 없다. 짐짓 지어서 하고 일부러 꾸미는 것이 작태다. 그 경지를 전통시조에서는 절로라고 하였다. 「무위」는 전통시조 "산절로 수절로 / 산수간에 나도 절로 / 그 가운데 절로 자란 몸이 / 늙기도 절로 하리라"를 방불케 한다. 억지가 없고 손댄 자국이 없고 꾸며서 지은 태가 없는 것이 절로다. 산이 절로 솟고 물이 절로 흐르듯 삶도 그같이 살고자 한 것이다. "눈 속의 매화 한 송이 / 바람 먹고 벙근다 / 매이지 말라 매이지 말라"라고 노래한 것은 이 때문이다. 그것은 세상이 공임을 깨닫고 열리는 불교의 깨달음을 연상시킨다. 굳이 불교나 노장의 도에 기대지 않아도 좋다. 그것은 동양적인 예지다.

이런 점에서 「목월운」 「강촌에서」 「한공」 「오후 5시」 등은 압축과 생략에 담긴 여운이 동양화가 지닌 여백의 시적 변이라고 할 만하다. 자연에 부친 심미주의 시가 아름다운 슬픔을 낳듯이 그의 세상 읽기는 삶의 깊이를 역설적으로 보여주고 있다.

그런 점에서 그는 초기의 『동토』나 그 후 사설시조의 시편 『산번지』를 쓴 비분의 선비라기보다 「꽃은 지다」 「풍경」

을 쓴 강호도가의 풍류의 시인이라고 할 만하다. 젊은 날의 「도라지꽃」「산길」「새벽에」의 시편과 「산사」의 거리는 엄청나다.

그의 시를 논할 때 적어도 초기엔 시조적 관습 그것도 시조 특유의 형식미를 떠나서 생각할 수 없다. 처음부터 사물에 대한 즉물적 객관성을 도모하였다. 그러나 소재와 기법의 갱신에도 불구하고 결과적으로 어조나 어법이 전통시조에서 자유로울 수 없었다. 그만큼 작위적이라는 인상은 배제할 수 없다. 이러한 인상은 「고지」「도라지꽃」에도 두드러진다. 하지만 근자에 와서는 산문적 형식을 지니게 되면서 인간 심성의 내오內奧에 침잠한 것은 우연이 아니다.

전통적 형식주의적 미학이 20대 젊은 날의 작품이라고 하면 내면화된 정신적인 부피의 미학, 그것이 그 후기 작품이다. 초기의 리얼리즘과 후기의 서정적 스타일에는 확연히 단절이 있는 것처럼 보인다.

그러나 시조적 조형은 낯선 것은 아니다. 시집 『동토』에서 이미 꾸준히 가꾸어온 것이다. 『도라지꽃』이 보여주듯이 이러한 조소성은 처음부터 구현하고 있었다. 다만 초기의 리얼리즘이 근자의 일상성의 명상과 추구로 바뀌었을 뿐이다.

주지하는 바와 같이 시는 인간적인 것의 화신incarnation으로서만 존재한다. 시는 인간적인 것의 육화요 수육受肉 같은 것이다. 그렇기에 시는 우리 육체와 진배없다. 몸에 맞는 옷이 우리 살결처럼 느껴지듯이 시 또한 같은 느낌을 주어야 한다. 시조는 그만큼 자기동일적이다. 반대로 몸에 맞지 않는 옷을 우리가 입을 수 없듯이 그렇지 못한 시가 우리의 것일 수 없다. 근대 초 자유시가 바로 그것이다.

시는 그 언어가 지닌 내용 때문에 힘 있는 것은 아니다. 인간적인 것의 육화요 수육 때문에 힘 있는 것이다. 육체로 파악되지 아니한 세계는 관념으로 시종할 수밖에 없다. 이런 뜻에서 그의 시가 자기만족적인 감정주의나 관념적인 자기과시와 무관하고, 흔한 일상의 주제를 다루면서도 일상을 추문화할 수 있었다.

시 「설교」 「달인의 말씀」 「누드」에 나오는 구절처럼 "욕심을 버리려는 것 / 그 또한 욕심인 것을", "비움도 없음도 다 마음의 일", "눈부신 네 순색의 살빛 / 본래의 자유를 본다"와 같은 것은 얼핏 인생의 정의처럼 들린다. 그러나 그것은 아포리즘이나 에피그램 같은 것은 결코 아니다. 잠언이나 정의처럼 보이는 위의 진술을 몸(시조의 틀)으로 파악한 것이다. 시인은 몸을 통해 삶의 지혜를 적절하고 간결하게 보여주고 있다.

> 친구 따라 절에 가고
> 아내 따라 예배당에도 갔다.
>
> 욕망이 죄악을 낳으니
> 욕심을 버리라 한다.
>
> 욕심을 버리려는 것
> 그 또한 욕심인 것을.
> —「설교說教」 전문

> 벌거숭아 벌거숭아
> 어여쁜 벌거숭아
>
> 숨김도 거짓도 없어
> 부끄럼도 모르는
>
> 눈부신 네 순색의 살빛
> 본래의 자유를 본다

—「누드」 전문

시조 형식은 단순한 음절 구조의 기계적 체계는 아니다. 그것은 그 형태에 알맞은 일정한 서정적 흐름을 요구한다. 그중에서도 종장의 기능이 특히 주목할 만하다. 이들 시조가 의미 있는 시조로서 일종의 관념에서 구제될 수 있었던 것은 종장의 기능적인 처리가 작위적이지 않고 자연스러운 데에 있었다. 시조의 형식론적 특색의 하나로 종장 첫 음보가 3음절이고 감탄사가 많으며 둘째 음보가 5음절 이상이라고 흔히 지적된다. 그러나 이것은 시조만의 것이 아님은 주지의 사실이다. 다만 행과 음보 수 그리고 음절 수가 다를 뿐이다. 그만큼 종장 첫 음보와 둘째 음보의 긴장 관계는 우리말이 영탄적으로 사용될 때 자연스럽게 우러나오는 패턴이 아니던가.

설흘산 8부 능선에
유채꽃 피었다
—「삿갓논」 부분

이따금 관념의 새만

산을 지고 나른다

—「나의 그림에는」 부분

자갈밭 널린 그물에

흰 구름이 걸린다.

—「그물」 부분

태백산 하늘말나리

파르르 떨고 섰다

—「하늘말나리」 부분

이렇듯 그는 일상을 얘기한 다음 어떤 개인적이거나 일반적인 속생각을 내리는 것이 아니라 삶의 신비에 대한 경이를 전경화한다. 그리고 그것은 사물 그 자체를 있는 그대로 보면서 욕구와 판단을 괄호 속에 묶는 여유로 가능한 것이다. 그렇다고 그 여유(무심)가 짐짓 모르는 체하는 자기방어나 고고한 자세(기심)와는 거리가 멀다. 이런 점에서 그의 시를 두고 말 흐림의 어조와 느림의 미학으로 본 것(이지엽)은 정확한 지적이다.

시청각의 교전, 정과 동의 교체 등 공감각적 이미지가 독

특하다. “정밀하고 정확하고 분명한 기술만이 아름다움을 창조한다”라고 한 것은 이미지스트 T. E. 흄이다. 이미지는 정확한 기술도 가능하지만 더 확대된 의미를 전달한다. ‘하늘말나리’, ‘갯바람’, ‘흰 구름’은 이미지이면서 사연이다.

팔자를 얘기하고 신세를 풀쳐갈 때 그 푸념 같은 말들이 한발 빗겨 서서 체념과 인고를 더불어 필경 삶에 대한 긍정스러운 고갯짓을 해보는 경지, 그것은 이 땅의 시조 정신에서 배운 것이다. 그때 비로소 넋두리가 지혜로 역전할 수 있었다.

–김제현 시집 『우물 안 개구리』 해설 중 발췌

사투리

초판 1쇄 2016년 1월 5일
지은이 김제현
펴낸이 김영재
펴낸곳 책만드는집

주소 서울 마포구 양화로3길 99 4층 (04022)
전화 3142-1585·6
팩스 336-8908
전자우편 chaekjip@naver.com
출판등록 1994년 1월 13일 제10-927호

ISBN 978-89-7944-557-2 (04810)
ISBN 978-89-7944-513-8 (세트)